Clatter Bash!

Gracias to Joe Lucas who, on his deathbed,
inspired the birth of this book.

—*R. C. K.*

Published by
PEACHTREE PUBLISHERS
1700 Chattahoochee Avenue
Atlanta, Georgia 30318-2112
www.peachtree-online.com

Text and illustrations © 2004 by Richard C. Keep

First trade paperback edition published in 2008

Cut-paper montage Illustrations created with various papers, watercolor and acrylic paints, pens, and markers.
Text typeset in Gills Sans and Bart Thin Heavy; titles created with Bart Thin Heavy and Gill Sans.

Printed in April 2016 by Imago in China
10 9 8 7 6 5 4 3 2 (hardcover)
10 9 8 7 6 5 4 (trade paperback)

Library of Congress Cataloging-in-Publication Data

Keep, Richard Cleminson.
  Clatter bash! / written and illustrated by Richard Keep. -- 1st ed.
    p.cm
  Summary: Rhyming text presents traditions used to celebrate the Day of the Dead.
    ISBN: 978-1-56145- 322-1 (hardcover)
    ISBN: 978-1-56145- 461-7 (trade paperback)
  [1. All Souls' Day--Fiction. 2. Stories in rhyme.] 1. Title.

PZ8.3.K266Cl 2004
[E]--dc22
                                2004002201

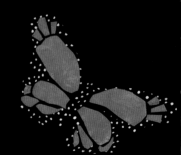

Clatter Bash!

A Day of the Dead Celebration

RICHARD KEEP

Ω

PEACHTREE
ATLANTA

Knock-knock!   Shhh!   Huh?

Rattle-rattle   ¿Qué?

Creak-crack

Up we go!

Big *fiesta!*   Yay!

Putt-putt   Honk-whiz

¡Hola! ¡Hola!   Hi!

Yak-yak   Chitter-chat

¡Qué bonito!   My!

Flitter-flutter   Butterfly!

Ooooh! Wow! Whee!

¡Buenas noches!   Storytime!

Shiver-jitter   Gee!

Sip-gulp   Chomp-crunch

Slurp-burp   Yum!

La-la Sing-along Doo-bee-doo-bee-dum!

Whoosh-sploosh (oops!) Giggle-gurgle Splash!

Swirl-twirl   Cha-cha-cha

Boom! Clatter Bash!

Sweep-sweep   Tidy up

Shush-hush…

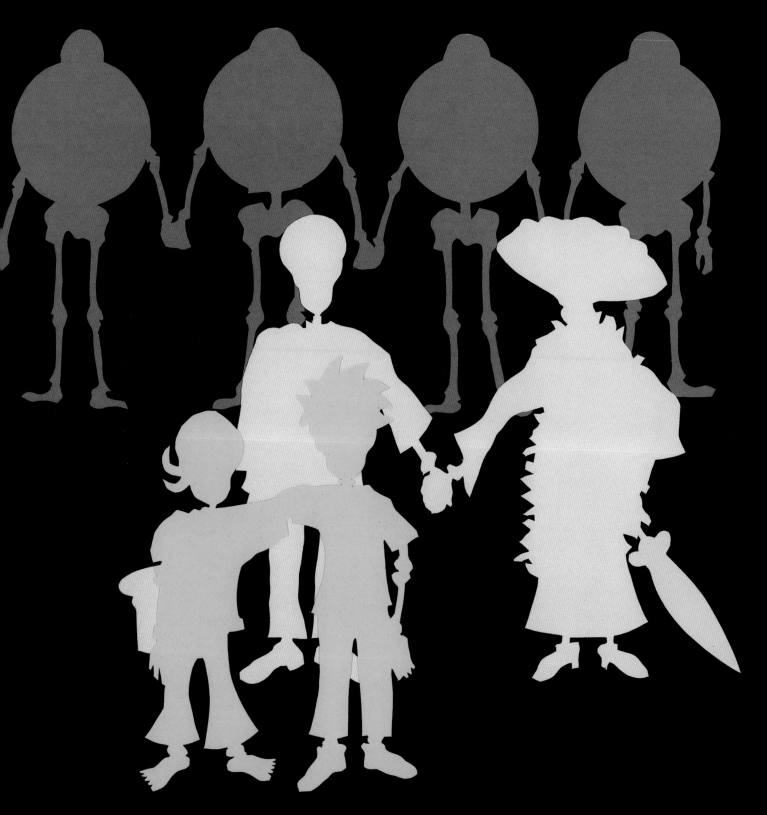

Sigh...

¡Gracias!

¡Gracias!

Wink-blink   Yawn...   Snore...

¡Adiós!   Good-bye!

El Día de los Muertos
The Day of the Dead

¿Qué? (What?) *Sí, los muertos.* (Yes, the dead.)

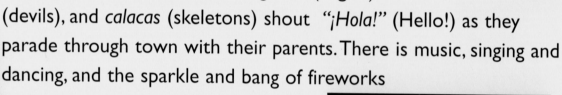

EL DÍA DE LOS MUERTOS is a Mexican holiday celebrating death. It is a day of both noisy fun and quiet respect.

In late October, towns and villages everywhere in Mexico—and many places in the United States—get ready for the big *fiesta* (celebration). Children dressed as *angelitos* (angels), *diablos* (devils), and *calacas* (skeletons) shout "*¡Hola!*" (Hello!) as they parade through town with their parents. There is music, singing and dancing, and the sparkle and bang of fireworks in the streets.

In the markets, there are bunches of orange marigolds—flowers of the dead. *¡Qué bonito!* (How pretty!) There are bins full of fresh *frutas* (fruits), *verduras* (vegetables), *quesos* (cheeses), and *hierbas* (herbs) for cooking special Day of the Dead feasts. There are chocolate skulls and tiny sugar coffins for sale.

There are masks and toys made to poke fun at death. There is sweet bread called *pan de muertos* (bread of the dead) baked with shapes of little bones on top.

For dinner, people cook beans and rice, and meat or chicken with *mole*—a sauce made with chili peppers and chocolate. A corn drink called *atole* is served with the feast.

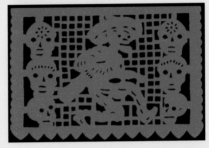

Ofrendas are home altars covered with offerings. They are made to honor beloved friends and family members who have died. They are decorated with candles, festive foods, toys, photographs, and *papel picado*—cut tissue-paper pictures—of skeletons at play.

On one of the nights, usually November first or second, it is believed that the spirits of the dead come back for a visit. Everywhere families say "*¡Buenas noches!*" (Good evening!) as they walk to the town cemeteries. They clean and decorate the *tumbas* (graves). They bring blankets to sit on and baskets of treats for a family reunion picnic. They pray for their ancestors to return, *por favor* (please). When darkness comes, *velas* (candles) flicker on the graves, lighting the way for the returning spirits. The smoky smell of *copal* (tropical resin) incense mixed with the scent of marigolds fills the air. Some people stay all night in the cemetery, playing soft music and sharing family stories. Most people return to their homes so the spirits can enjoy their own *fiesta* and say "*¡Gracias!*" (Thank you!) for this special night—and "*Adiós*" (Good-bye) until next year.

El Día de los Muertos is not a time to feel sad or afraid of death. It is a time for *familias* (families) to come together, share memories of past loved ones, and celebrate the joy of being alive!

Rien à porter!

Rien à porter!

Robert Munsch

Illustrations de
Michael Martchenko

Texte français de
Christiane Duchesne

Les illustrations ont été réalisées à l'aquarelle sur du carton à dessin Crescent.

Le texte a été composé en caractères Plantin.

Catalogage avant publication de Bibliothèque et Archives Canada
Munsch, Robert N., 1945-

[No clean clothes! Français]
Rien à porter! / Robert Munsch; illustrations de Michael
Martchenko; texte français de Christiane Duchesne.
Traduction de : No clean clothes.

ISBN 0-439-93792-2

I. Martchenko, Michael II. Duchesne, Christiane, 1949-
III. Titre. IV. Titre : No clean clothes! Français.

PS8576.U575N614 2006   jC813'.54   C2006-903030-8

ISBN-13 978-0-439-93792-4

Édition publiée par les Éditions Scholastic, 604, rue King Ouest, Toronto (Ontario) M5V 1E1.

9 8 7 6 5   Imprimé à Singapour 46   11 12 13 14 15

Pour Lacey Clarke,
de Stewart, en Colombie-Britannique
— R.M.

Maude ouvre le tiroir du haut de sa commode :

RIEN À PORTER!

Elle ouvre le tiroir du milieu de sa commode :

RIEN À PORTER!

Elle ouvre le tiroir du bas de sa commode :

RIEN À PORTER!

Elle regarde partout dans sa chambre :

RIEN À PORTER!

Elle descend en trombe et crie :

— Maman! Maman! Tu n'as pas lavé
mes vêtements?

— Maude, répond sa mère, je voudrais
bien les LAVER, tes vêtements, mais
il faudrait d'abord que je les TROUVE!

Tu les caches sous ton lit!

Tu les prêtes à tes amis!

Tu les oublies dans le jardin!

Parfois, j'ai même l'impression que
tu donnes tes petites culottes à manger
au chien!

— Maman! s'exclame Maude. Tu ne comprends pas! Tout ce qu'il me faut, c'est un t-shirt. Tu ne peux pas me trouver au moins un t-shirt propre?

— Eh bien, il y a le joli t-shirt que mamie t'a offert pour ton anniversaire. Tu ne l'as jamais porté.

— C'est un affreux cadeau de grand-mère! réplique Maude.

Quand j'avais trois ans, mamie m'a donné un t-shirt qui disait : PETITE BÉBÊTE, et tout le monde s'est moqué de moi.

Quand j'avais quatre ans, mamie m'a donné un t-shirt qui disait : JOLIE FIFILLE, et tout le monde s'est moqué de moi.

Quand j'avais cinq ans, mamie m'a donné un t-shirt qui disait : TU ES BELLE À CROQUER, et tout le monde s'est moqué de moi.

Maintenant, j'ai six ans, je suis en première année, et elle m'offre un t-shirt qui dit : BISOU S.V.P.

Je ne vais PAS porter ce truc-là à l'école. Il n'y a que les grands-mères pour offrir un t-shirt pareil!

— Voyons, Maude, dit sa mère, porte-le seulement pour ce matin. Je vais laver un autre de tes t-shirts et te l'apporter à la récréation.

— Tu vas le laver, là, maintenant?

— Oui, répond sa mère.

— Tu ne parleras pas à une amie au téléphone?

— Non, répond sa mère.

— Tu ne feras pas la vaisselle?

— Non, répond sa mère.

— Tu ne traîneras pas dans les boutiques en chemin?

— Non, répond sa mère.

— Tu n'iras pas au travail et abattre un arbre?

— Non, répond sa mère.

— Alors, c'est d'accord. Je vais t'attendre sur les marches de l'école, à la récréation.

Maude enfile l'affreux t-shirt de grand-mère et prend le chemin de l'école. Elle croise un chaton qui lit ce qui est écrit sur son t-shirt et va aussitôt lui donner un bisou de chaton sur la joue.

Slop — Slop — Slop — Slop — Slop — Slop

— Chouette! s'écrie Maude. Un bisou de chaton! Je crois que je vais l'aimer, ce t-shirt!

Elle marche encore un peu et rencontre un chien.

Le chien lit ce qui est écrit sur son t-shirt, et bondit aussitôt sur elle pour lui donner un gros bisou de chien sur l'oreille.

Splich — Splich — Splich!

— Chouette! s'écrie Maude. Un bisou de chaton et ensuite, un bisou de chien! Oui, je l'aime bien, ce t-shirt!

Elle marche encore un peu. Un aigle qui vole juste au-dessus d'elle vient se poser sur sa tête, lit ce qui est écrit sur son t-shirt, et lui donne aussitôt un bisou d'aigle sur le nez.

PIC — PIC — PIC

— Un bisou d'aigle! s'écrie Maude. Un bisou d'aigle! J'adore ce t-shirt! J'adore mamie!

Maude marche encore un peu
et croise un orignal.

L'orignal lit ce qui est écrit sur son t-shirt,
et lui donne aussitôt un énorme bisou mouillé
d'orignal sur le front et sur le dessus de la
tête.

SLUUUURRRRRRRRRRRRRRP!

— Fabuleux! s'exclame Maude. Je suis
la première personne au monde à recevoir
un bisou d'orignal!

Quand Maude arrive à l'école, elle se précipite à l'intérieur et s'écrie :

— Madame, madame! Écoutez ça! J'ai reçu un bisou de chaton, un bisou de chien, un bisou d'aigle et un bisou d'orignal! Et tout ça, à cause de mon super t-shirt de grand-mère!

— Chouette! répond son enseignante. Mais tu devrais aller te débarbouiller! Tes cheveux sont pleins de bave d'orignal verte.

— Ouache! s'exclame Maude. C'est dégoûtant!

Quand Maude revient à son pupitre, le grand Jeannot vient s'asseoir à côté d'elle, lit ce qui est écrit sur son t-shirt, et se penche aussitôt pour lui donner un bisou.

— AAAAAAAAAAAAH!

hurle Maude. Un bisou de garçon!

OUAAAAAAAAAACHE!

Elle court aux toilettes et se frotte la figure jusqu'à la récréation. Puis elle sort dans la cour et, coup de chance, elle se fait donner un bisou par...

UN OURS!

Lorsque Maude rentre à la maison après l'école, sa mère lui dit :

— Je ne t'ai pas trouvée à l'école. Et alors, le t-shirt de mamie?

— Je l'adore! répond Maude. Je suis même allée au bureau du directeur et j'ai appelé mamie pour lui demander d'envoyer un affreux t-shirt de grand-mère à tous mes camarades!